قصص

حكايا النجوم

د. جُمان الريحاني

إهداء..

إهداء إلى عشاق النجوم والسماء

إهداء إلى عالم الخيال حيث السحب الوردية والنجوم الذهبية والسماء التي يزينها قوس قزح

إهداء إلى عشاق القصص والحكايات الرومانسية والخيالية والمغامرات العجيبة

جمان الريحاني

نجمة الصباح

استريلا دالفا

قبل أن يخلق البشر كان يعيش على الأرض الجن،

كانت هناك امرأة جنيّة تحب زوجها كثيرا، وقد كانت مثالا للوفاء والحب والرعاية

اشتهرت تلك المرأة بأنها ترعى زوجها أكثر من أية امرأة على وجه الأرض

كانت تهتم بطعامه وثيابه ونومه، وترعاه حتى في سفره

لقد كانت تكد وتجد وتجتهد

كانت تعمل في الأرض والفلاحة، وتعمل أيضا على رعاية صغار جيرانها، عندما يكون زوجها غائبا، ولكن عندما يأتي زوجها فإنها تكرّس كل وقتها لخدمته هو ولوحده

لقد كانت تلك المرأة مثالا للجمال والنور، فقد كان وجهها منيرا، يمكنك أن تراها في الظلام وفي الليل

كانت تقف عند باب بيتها ليلا لكي يستدل زوجها على بيته، فأحيانا يتأخر في العودة إلى البيت

كان زوجها يسافر كثيرا، ولكن لا أحد يعلم لما هو كثير السفر، إلا أنهم كانوا يعتقدون بأن سفره تابع لطبيعة عمله، التي هو يقول بأنه يعمله وهو التجارة

لقد كان كثير المال، وهذا ما جعل الناس يصدقون أنه تاجر

ورغم أنه كثير المال إلا أنه كان بالفعل بحب خدمة زوجته له لذا لم تكن لديها جارية

لم تكن لديهم جارية في البيت لسببين

أولا: لأنه كان يحب خدمة زوجته له، وزوجته لم تكن ترفض له طلبا أو أمرا، فحتى أمنياته هي أوامر بالنسبة إليها

وثانيا: لأنها كانت تخاف عليه من النساء وتغار عليه كثيرا فهي تحبه حبا شديدا

لقد اختارته من بين كل الرجال الذين كانوا يزحفون على الأرض طلبا لرضاها، والذين قدموا لها الدنيا وكل متاعها مهرا ولكنها رفضتهم جميعا لتتزوج بهذا الرجل الذي كان غريبا عن قريتهم

أخبرها بأنه معجب بجمالها ويريد الزواج بها، ولكن لديه بعض الشروط

لقد وافقت.. قبل أن تسمع أي شرط من شروطه

تفاجأت عندما سمعت كل الشروط ولكن موافقتها لم

تهتز فقال لها:

أريد جميلة لا يتغير جمالها

أريد زوجة وحبيبة وأما

أريد أن تهتمي بي كما تهتم الأمهات بأبنائها

وأن تحبيني كما تحب الحبيبة حبيبها أو عشيقها

وأن تخدميني كما تخدم الجارية سيدها

وأن تكوني وفيّة وأن تصوني عرضي، وبيتي كما

تفعل الزوجة الوفيّة

أريد أن أكون لك في بيتنا

زوجا..

وحبيبا عاشقا

وابنا مدللا

وسيدا..

وسيدا محترما

فهل توافقين على شروطي؟

استريلا:

نعم..، أوافق طبعا.. يا حبيبي

ولكن..

الزوج:

هل تقولين لكن؟

استريلا:

أنا سأهبك حياتي وسوف أصبح لك كلما تشاء ولدي

طلب واحد

وهي أمنية

أو اعتبرها شرطا إن أردت

الزوج:

علمت أنني أميل إليك واشعر بالحب، فأصبحت تضعين الشروط

استريلا:

لا تعتبره شرطا، بل اعتبرها أمنية حياة

الزوج:

حسنا.. وما هي أمنية الحياة تلك؟

استريلا:

لدي أمنيّة واحدة وطلب واحدة

الزوج:

أجل.. لقد فهمت، أخبريني بأمنيتك، لا أحب إثارة الفضول

استريلا:

أمنيتي هي أن لا نفترق أبدا

الزوج:

طبعا..

نحن سنتزوج، ولن نفترق..

استريلا:

إلى الأبد

الزوج:

أنا لن أتخلى عنك

استريلا:

وأنا سوف أبذل حياتي في سبيل إسعادك وراحتك

الزوج:

اتفقنا

تزوجت استريلا بذلك الرجل الغامض، والذي أحبته رغم كل شيء

الأمر السيئ الوحيد في الموضوع بالإضافة إلى غيابه المتكرر، ولمدة أيام وحتى أسابيع، وأيضا خدمتها له بذلك الشكل، وقد كانت لتكون أميرة بيتها أو ملكة، لأن الرجال كانوا يقدرونها وكانوا يريدون أن يحققوا لها كل ما تريد، وكل ما تطلب وكل ما تأمر به كان ليصبح أمامها وفي لحظات، ولكنها تزوجت هذا

الرجل بالذات، والذي لم يقدم لها الكثير في نظر الناس..

في نظر الناس لم يكن يستحقها ولم يحقق لها السعادة، بل كان يرى بالناس بأنه يبخسها حقها، وقد أصبحت له مثل الجارية ومثل الخادمة

أما هي فلم تكن ترى الأمر بهذه الطريقة، بل كانت ترى بأنها هكذا، هي تتصرف كالزوجة المثالية

لقد كانت تفعل كل شيء بالطرق المثالية، وكانت تسعى إلى أن تكتسب لقب الزوجة المثالية.

لقد كان كل همها أن تتفوق على كل الزوجات وأن يصبح زوجها الرجل الأكثر تقديرا في كل القرية، كانت فخورة به وتريده أن يفخر بها هو أيضا

إلا أن زوجها لم يكن من ذلك النوع من الرجال، الذي يذكر زوجته أمام الناس أو يبجلها أو يثني عليها وعلى تصرفاتها.

كما أنه كان قد قال لها وبدون كلمات بأنه يحب أن تهتم به، ولا يريد أن يشاركه أي أحد في اهتمامها به

لقد كان يقصد بكلامه بأنه لا يريد أطفالا

حاولت أن تفهم منه مرارا وتكرارا إن كان بالفعل لا يريد أطفالا فهي تعلم بأن كل رجل يريد طفلا يحمل اسمه، وطفلا يفخر به

يريد أن يستمر نسله

ولكن.. هذا الرجل لم يكن مثل كل الرجال كان غامضا، ورغم حبه لزوجته، إلا أنه لم يكن يريد أطفالا

مرت العديد، العديد من السنوات، والزوجان
يعيشان ما يريان بأنه السعادة، بينما كل الناس لا يرون
الأمر بتلك الطريقة

لقد كان الجميع متفق على أن الرجل أناني إلا أن
الزوجة تحبه كثيرا، ولا تعترض لا على طريقة
معاملته لها، ولا على غيابه في كل مرة يسافر لعدة
أيام أو عدة أسابيع، بينما هي تعمل وتكد.

رغم أن الرجل قد كان غنيا إلا انه لم يوفر لزوجته
خادمة وخلال كل تلك السنوات التي قاربت على

العشرين سنة، وهي تخدمه بنفسها وعندما يغيب تحضر امرأة لكي تساعدها في أعمال البيت

لقد أصبحت تشعر بالتعب وبدأت ترى بأنها قد أفرطت في العمل كل السنوات الماضية، ولكن عندما يرجع الزوج إلى البيت تنسى كل همومها.

عندما عاد الزوج هذه المرة كان الأمر مختلف تماما،

لقد جلس مع زوجته وصارحها بأمر وقال:

لدي أمر أريد أن أخبرك به

استريلا:

خيرا.. يا زوجي

الزوج:

لقد مرّ العمر وأصبح رجلا كبيرا

استريلا:

أنت.. لازلت شابا في عيني

الزوج:

اسمعيني للأخر.. أنا لدي أمر هام أريد أن أخبرك به،
ولا أريد أن تجامليني أو تقاطعي كلامي

استريلا:

حسنا.. بأمرك يا زوجي العزيز

الزوج:

لطالما كنت زوجة جيّدة ووفيّة، وأنت حتى الساعة
كذلك

استريلا:

وسوف أبقى كذلك إلى الأبد

الزوج:

لقد طلبت منك عدم مقاطعتي..

استريلا:

أعتذر.. أعتذر يا زوجي العزيز

الزوج:

أنا تعب من حياتي، وهذه الحياة

لم أعد أطيق هذا العمل، وهذه الحياة ككل

أريد أن أستريح

أريد أن أتقاعد

أريد .....

استريلا:

أنا معك يا زجي في كلما تريد

الزوج:

ولكن ....

استريلا:

لكن.. ماذا؟

الزوج:

أنا أريد أن أتوقف عن كل ما أمارسه

استريلا:

أنا معك في كل ما تريده

الزوج:

أنا أريد أن أتوقف عن كوني زوجا

استريلا:

ماذا تقصد؟

الزوج:

أريد أن اذهب إلى قريتي هذه المرة، ولن أرجع إلى هنا أبدا

استريلا:

وماذا عني؟

وماذا عن مالك وتجارتك؟

الزوج:

أريد أن اترك كل شيء

أنا متعب

استريلا:

وماذا عني؟

الزوج:

لقد قلت إنك معي في كل شيء

استريلا:

ولكنك.. وعدتني بأن نبقى معا إلى الأبد

الزوج:

أنت من وضعت هذا الشرط، وأنا أخبرتك بأنه لن يكون هناك شروط

استريلا:

لكنك.. وافقت

الزوج:

لقد سكتت..، ولم أوافق..، ولن أرفض

استريلا:

أنا لن استطيع العيش بدونك

لقد طلبت منك أن لا نفترق إلى الأبد

الزوج:

لقد عهدتك زوجة مطيعة ومؤدبة

استريلا:

إذن افعل ما تريد

الزوج:

سوف أغادر.. غدا مع الفجر

ولن أرجع..

خرجت الزوجة من البيت، وهي حزينة ودموعها تنهمر على دموعها

ولكنها لم تكن في الحقيقة تبكي على خداع زوجها، بل كانت تبكي على فراقه لها

لم تكن تستطيع أن تتحمل فراقه، وقد نذرت أن تعيش معه إلى الأبد وأن تعينه على الحياة

تذكرت..، وهي هائمة على وجهها بئر الحق فتوجهت إليها، وراحت تبكي، وتحكي لها معاناتها، وقالت لها:

أيتها البئر الأمر أرجوك ساعديني

فردت عليها البئر:

ما طلبت يا بنيتي.. وقد جئت قبل سنوات عديدة
وأعطيت الحب، فما هو طلبك اليوم؟

استريلا:

أمي لقد طلبت منك أن لا افترق عن زوجي

البئر إلام:

أجل.. وما في ذلك

استريلا:

هو من يريد اليوم أن يفترق عني

البئر إلام:

وما الذي تريدينه؟

استريلا:

أريد أن أبقى معه وأيضا أريد أن اعرف لما يريد التخلي عني، وبعد كل هذه السنوات

هل هناك امرأة أخرى؟

البئر الأم:

وماذا قال لك؟

استريلا:

قال بأنه قد تعب من الحياة، ويريد أن يتقاعد، ولم يذكر أية امرأة

البئر الام:

هل تشكين فيه أم انك تريدي أن تلازميه

وما طلبك بالتحديد؟

استريلا:

أريد أن أعرف.. لما؟ وأريد أن أبقى معه وان أنير طريقه مثلما فعلت دائما

أريد أن أكون نجمته اللامعة وحبيبته التي يتصبح بها، ويتمسى

البئر الأم:

سأحقق لك طلبا، ولكن..

استريلا:

لكن؟

البئر الأم:

الطلب الأخر سوف يكون بعده بفترة، فلك الاختيار،

كما أنه لا يمكنك التراجع إن لم يعجبك الوضع

استريلا:

ماذا تقصدين بلم يعجبك الأمر؟

هل تشكين في شيء؟

البئر الأم:

ليس لي الحق في الكلام

استريلا:

ولكن الحيرة تغمرني

البئر الأم:

القرار لك يا بنيتي

إما أن تكتشفي حقيقته، ولن يتحقق وعدك بأن تبقي معه إلى الأبد، أو أن تحققي أمنيتك، ثم ترين الحقيقة بعد فوات الأوان

استريلا:

حسنا.. يا أمي

البئر الأم:

حسنا.. ماذا؟

استريلا:

لست مترددة، ولن أتردد بعد ألان

البئر إلام:

ماذا قررت إذن؟

استريلا:

سوف أبقى معه إلى الأبد وأن أنير له طريقه وألمع في عينيه نجمة في السماء..

البئر الأم:

هل تنتظرين لفترة شهر حتى تتأكدي من وعده بالمغادرة

استريلا:

لا بل أريد أن لازمه مع مغادرته أول الصباح

البئر الأم:

والطلب الثاني سوف ترين الحقيقة بنفسك، ولكن إن كان قد فات الأوان، فانك لن تعودي إلى طبيعتك المادية هذه

استريلا:

فداه عمري وحياتي

لقد وعدني بأن نبقى معا، وإن أخلف الوعد لن أخلفه أنا

أريد أن أرافقه إلى الأبد

البئر الأم:

لك ما طلبت..

قام الرجل من نومه صباحا وهو مصر على المغادرة لم يجد زوجته في البيت، والتي كانت تسهر على راحته دائما، ولكنه وجد بأنها قد جهزت له أغراضه، وأيضا بعض الطعام لكي يعينه على السفر.

عرف بأنها غاضبة ولا تريد أن يرى الغضب في عينيها، ولكنه قد شعر بأن الأمر هكذا أفضل، لأنه لن يرجع عن قراره مهما يحصل.

حمل أغراضه وخرج من البيت، وقد كان الجو مظلما جدا، فقال لو كانت هنا استريلا لتمكنت من معرفة الطريق فالسماء مظلمة

في تلك اللحظة لمعت نجمة في السماء فقال:

ياه تمنيت.. وجود استريلا لتنير طريقي فظهرت تلك النجمة في السماء، سوف أطلق عليها استريلا

وغادر..

وهو ينظر إلى تلك النجمة التي لم تختف رغم أن الضوء قد بدأ يظهر والصباح لاح بتفاصيله

مرت عدة أيام، حتى وصل الرجل إلى قريته

وقد كان متونسا في طريقه بتلك النجمة، التي اعتبر بأنه قد أخذها كتذكار من قرية زوجته، وقد كانت تظهر له في الصباح الباكر، وفي المساء، وتشع وتنير..

لم يكن منتبها لوجودها في السابق، وكأنها قد ظهرت في السماء يوم مغادرة قرية زوجته

لقد كان يتذكر زوجته كلما رآها وأحيانا يكلمها،
وأحيانا يعتذر منها..

بدا الأمر وكأنه أصبح يعتقد بالفعل بأنها هي زوجته
التي تركها وراءه، ولكنها لم تكن تريد أن تبقى وراءه
فرافقته في شكل نجمة، ورغم كون الفكرة مجنونة إلا
أنه كان تقريبا مقتنعا بها.

كان يكلمها وقد اعتذر من النجمة على أساس أنه يعتذر
من زوجته التي تركها وراءه وقال لها:

اعتذر.. يا زوجتي العزيزة إن كنت قد خذلتك

ولكنني.. قد تعبت..

لا يمكنني أن استمر هذا

أريد أن ارتاح

لقد تقدمت في السن، ولم أعد قادرا على المزيد

أريد أن أتقاعد..

اعتذر منك

ولكنني..

لن أرجع أبدا

لن أعود

هذا قراري

وأنت لم يكن بإمكانك مرافقتي، لأن هناك الكثير لا تعلمين

هناك أمور تجهلينها

آسف

أعتذر..

تمنى أن يغتفر ذنبي ذات يوم

سامحيني إن استطعت

أعتذر

أعتذر

أعتذر..

وبعد مرور عدة أسابيع، وصل إلى قريته هو ونجمته المرافقة له

عندما هل على أطراف القرية

تباشر الناس بقدومه إلى القرية

ربما كانوا أهل القرية أو أهله

وقد وصل مع الغروب، حيث كانت استريلا نجمة المساء ترافقه وتراقبه، وها هي اليوم سوف تكتشف الحقيقة.

ثم خرج أكثر من البيوت

خرجت مجموعة من الشباب وقد كانوا رجالا

وخرجت نساء وأطفال

وهموا جميعا يرحبون به

لقد كان الأمر جميلا، ولكن الغريب ما سمعته النجمة
تاليا

لقد كانوا ينادونه أبي

ها قد جاء أبي..

لقد عاد والدي..

جدي.. قد عاد جدي..، قد عاد..

لقد كانوا رجالا.. يفوق سنّ أي منهم.. عدد السنوات
التي عاشها مع النجمة

يبدو أنه كان متزوجا، ولديه أولاد كثيرون، وقد مرت
السنوات وتزوجوا، وأنجبوا له أحفادا

وفي الأخير.. قرر أن يتخلى عنها ويتركها، وأن يرجع إلى بيته وأولاده وأحفاده

لقد خانها، وخبأ عنها الكثير..

كذب عليها..

منعها هي من الإنجاب، بينما كان لديه أولاد

كان يسافر مدعيا التجارة، بينما كان لديه بيت آخر وعائلة

تزوجها، وظلمها ثم تخلى عنها وتركها..

لم تكن استريلا لتتحمل كل ذلك

ولكن لقد اكتشفت الحقيقة بعد فات الأوان، لقد تحولت إلى نجمة وأصبحت هي نجمة الصباح والمساء ترافق حبيبها حتى أصبح عجوزا، وهو كان يشك في أمرها

لم يكن بإمكانها أن تستعيد شبابها أو أيام حياتها التي سلبها منها زوجها، الذي لم يكن صادقا معها

فأكملت حياتها وهي نجمة تنير في السماء

تنير طريق زوجها، وأيضا طريق كل الناس

لقد صدق وعدها، ورافقته إلى الأبد

كان ينظر إليها صباحا ومساء، ويتذكر وجه زوجته المنير الذي كان يشبه تلك النجمة إلى حد كبير.

العذراء..

في إحدى الجزر النائية والتي لا ترسو عليها القوارب ولا السفن، لأنها لم تكن معروفة ولا في طريق السفن المعهودة..

لقد كانت جزيرة غير معروفة، ولكنها كانت مأهولة

لقد كانت هناك قبيلة تعيش عليها ولسنوات غير معروفة

العجيب في تلك القرية أن رئيس القرية، وهو رجل كبير السن كان هو المعمر الوحيد في القرية

لقد تجاوز عمر زعيم القرية الأربع مائة سنة، ولكن لم
يسبق أن وصل أي زعيم إلى ذلك العمر

وكان الزعيم لا زال في سن الشباب، ولا يظهر عليه
العمر أبدا

لقد كان الأمر عجيبا ولكن هذا قد أعطاه ميزات جديدة،
وجعل الجميع يحترمونه ويقدرونه ويعتبرونه حكيما،
وتلك القوة ما هي إلا رضا الأرض والسماء والأجداد
عليه.

كان يحدث أمر غريب في القرية، لقد كانت تختفي بعض العذراوات سنة بعد سنة وكل فترة ولم يكونوا قادرين على اقتفاء أثرها

فقدت فتيات أثناء الاستحمام في النهر

وفقدت فتيات في الليالي الصيفية الساهرة

وفقدت فتيات وكأن أحدا قد اختطفهن من أسرهن، ولكن عجز الجميع عن فهم الأمر

وخاصة أن كل تلك الحوادث والتي كانت تحدث على مر السنين، ورغم ارتباطها ببعضها لأن كل الفتيات اللواتي فقدن كنّ عذراوات جميلات في سن الورود

إلا أن الحوادث لم تكن مرتبة وتحدث في تواريخ مختلفة وفي أماكن مختلفة، ولفتيات في أعمار مختلفة، فلم يكن أي أحد يستطيع أن يربط الأحداث مع بعضها البعض

عندما طرح بعض الأهالي الموضوع على الزعيم، تحاشى نقاشه وبعد عدة محاولات منهم لفهم الأمر، وخاصة عندما تقدموا بانشغالاتهم إلى الحكماء والسحرة والمشعوذين في القرية، فقام الزعيم بغلق الموضوع..

وقال لهم:

لا يمكن لأي أحد أن يساعدكم ولا أن يساعدنا في هذا الأمر،

لأنه ومنذ القدم كانت تحدث أمور مثل هذه

لا تعتبروا فقدان فتاة عذراء هو أمر سيء

بل إنه في ظاهره ربما يكون لدى بعض العائلات سيء، ولكنه في الحقيقة وفي باطنه يحمل لنا الخير

نحن نفقد فتاة..، ولا نعلم ما حدث لها

ولكننا نكسب أمنا وسلاما فربما المخلوق الذي يأخذها يسمح لنا بالعيش على الجزيرة

وربما.. هو أمر آخر..

وربما..

وربما..

الاحتمالات كثيرة..

وأطلب من الجميع الصبر

وآمركم جميعا بعدم فتح هذا الموضوع ثانية..

فلو كنا نفقد أكثر من فتاة ربما بحثت في الأمر ولكن بما انه فتاة واحدة وخلال سنوات عديدة فأنا اطلب منكم التحلي بالصبر..

وأمركم بعدم فتح هذا الموضوع مرة أخرى، يجب عليكم أن لا تفتحوا الموضوع لا بينكم ولا مع الحكماء

لا أريد أن يعم الجزيرة الهلع والخوف

أريدكم أن تتصالحوا مع الآمر وان تعتبروه خيرا، وليس العكس.

أنا أرى بأنه خير للجميع، بغض النظر عن العائلة التي ربما شعرت بالحسرة، ولكن لو حدث أمور أخرى ربما لبحثنا نحن على حل مماثل، فتقديم تضحية ضخمة كهذه يعني أن هناك أمر خطير يحدث.

اعتقد الزعيم بأن الأمر سوف يسير على ما يرام،
ولكن الناس لم يتأقلموا مع الفكرة وواصلوا النحيب في
كل مرة خسروا فيها فتاة عذراء، وعمّ الخوف ودبّ
في قلب كل من ينجب فتاة..

حتى أنهم أرادوا أن يقوموا بتزويج الفتيات صغيرات
السّن وقبل البلوغ، إلا أن الزعيم منعهم من سنّ السنن
وفرض القوانين على حسب رغبتهم

وهكذا لم يجد الزعيم كيف يردعهم عن كل تلك
المأساة، التي لازالوا يقومون بافتعالهما في كل مرة

لم يكن الزعيم يريد منهم التوقف فقط، لكي يدب السلام بينهم، بل كانت له أغراضه الخاصة وأسبابه، التي لم يكلم أي أحد عنها.

وبعد فترة من الزمن حصل أمر غريب في السماء

لقد انطفأت نجمة من نجوم السماء، وهي نجمة مهمة وقد كانت إشارة على موت قادم، انطفاء نجمة يعني موت جماعي قادم..

تشاءم الحكماء الذين في البداية اعتقدوا بأن انطفاء النجم يشير إلى موت الزعيم، ولكن الزعيم قال بأنه يشير إلى موت جماعي..

وهكذا كان على الزعيم والحكماء أن يجدوا حلا قبل أن تحل المصيبة، والتي كانت لتودي بحياة كل القبيلة

وبعد الكثير من التشاور توصل الزعيم والحكماء إلى حلّ وهو تقديم تضحية لذلك النجم لكي يشتعل من جديد، واخبروا القبيلة بقرارهم

قام أهل القرية بتقديم بناتهم العذارى من سنّ البلوغ والى سنّ الزواج لكي تجرى عليهم القرعة، لأنه تم التوصل إلى تقديم تضحية بفتاة عذراء، بريئة ونقية

لقد وافق أهل القرية على الأمر، لأنه قد صدر عن الزعيم والحكماء، وقد خافوا على حياتهم جميعا رجالا ونساء، وأطفال وعائلات..

لقد كانت تفسيرات الحكماء بأن الجزيرة سوف تختفي من الوجود.

بينما هم ينتظرون الوقت الميمون والنساء يجهزون للاحتفال العظيم، كان الزعيم يدرس المكن والمنطلقة لكي يجدوا المكان المناسب لتقديم التضحية

وبعد طول تشاور قرر الزعيم والحكماء أن يقوم أهل القرية بتجهيز الفتاة المختارة وان يقوموا بتنظيفها وإلباسها أجدد وأجمل ثوب من أجل زفّها إلى حتفها

لقد قرروا أن يربطوها إلى صخرة كبيرة على جبل ليس بالجبل الكبير، حيث يمكن رؤية الصخرة والفتاة من حيث يعيش أهل القريبة بعد النهر

ولكن قد أمرهم بإقامة احتفالات تستمر طوال الليل،
بينما سيقومون بإشعال النار تحت الفتاة حتى تصل
إليها النار وتشتعل فيشتعل النجم، وهكذا يتركهم الموت
بحال سبيلهم.

بعد أن قرروا كل تلك القرارات، وجهزوا كل التجهيزات، ولأول مرة يكون الناس في اقتناع، وليس لدى أي منهم أيّ اعتراض عن تقديم تلك التضحية.

كانوا سعداء كثيرا بتلك الاحتفالات، وقد طلب منهم الزعيم أن يقدموا التضحية بقلوب صافية وبسعادة، لكي يقبل القربان ويشعل النجم من جديد.

قبيل الغروب أقاموا الحفل وجهزوا كل الفتيات وفي الحفل تمّ اختيار الفتاة

تمّ اقتياد الفتاة التي جاء عليها الاختيار إلى قمة الجبل، وتمّ ربطها بشكل محكم وأشعلوا النار في نصف دائرة أمامها، وكل ذلك كان على صوت قرع الطبول

عندما نزل الرجال أمرهم الزعيم بالرقص والغناء وطهوا الطعام وأن لا يجعلوا الأجواء صامتة لكي لا يسمع صوت الفتاة وهي تصرخ، وقد كانت تصرخ بأعلى صوتها.

لقد أخبرهم الزعيم بأنه ليلة غد سوف يعلمون إن قبلت تضحيتهم وذلك إن اشتعل النجم في الليلة الموالية.

وفي تلك الليلة عاد الزعيم إلى خيمته باكرا بينما استمر كل أهل القرية وبمن فيهم أهل الفتاة بالرقص والغناء والعزف كل الليل، حتى أصبحوا نائمين وسكارى ولا يعلمون ما حدث

لم ينتبهوا حتى إلى الفتاة عندما اشتعلت بها النار

لقد رأوا النار فجأة تصبح عالية، فعلموا بأنها قد التهمت الفتاة

منعهم الزعيم من الصعود إلى الجبل، ولا البحث في الرماد، بل قرر أن يرسل شخصا يثق فيه، وأن يكون أحد الحكماء شخص طاهر لكي يجمع رماد الفتاة، لأنهم سيرمونه في النهر لكي يصبح النهر مقدسا.

في الليلة الموالية عرف الجميع بأن التضحية قد قبلت، لأن النجم قد اشتعل ولكن لم يكن مجرد ملاحظة، لكي يقول الجميع بأنهم قد رأوا النجم مضيء بل كانوا ينتظرون أن يعلن عنه الزعيم

وفي السهرة أعلن الزعيم للجميع أن النجم قد اشتعل، ولكن كان لديه إعلان آخر وهو أن التضحية قد قبلت، ولكن هناك آمر آخر وهو أنه يجب عليهم أن يقدموا هذه التضحية، وبشكل منتظم ومتكرر كل ستة عشر

سنة، وخاصة لأن عمر تلك الفتاة التي كانت تضحيتهم لليلة السابقة في عمر ستة عشر سنة، أي مثلها بالضبط

ثم أضاف الزعيم وقال:

لقد جاء الطلب على أن يتم إرسال تضحية كل ستة عشر سنة

وأن تكون في نقاء وعفة التضحية السابقة

لأن التضحية السابقة قد كانت نقية لذا قبلت

ولكن..

قال احدهم:

سيدي لدي سؤال..

وزير الزعيم:

ويحك تقاطع الزعيم وهو لم يكمل كلامه

الرجل:

لدي سؤال مهم..

الزعيم:

اطرح انشغالك..

الرجل:

مولاي.. هل سنقوم بالاختيار بين بناتنا كل مرة، هذا أمر شاق وقد تكون الفتاة ابنتي مرة أخرى الأمر شاق يا مولا ي..

الزعيم:

بما أنكم لا تريدون أن تعيشوا نفس التجربة فلدي اقتراح

الرجل:

وما هو؟

الزعيم:

يجب أن يخضع للأمر الجميع

الوزير:

نعم.. طبعا سوف يخضع الجميع

الحكيم:

لا يمكن لأحد أن يعترض

الرجل:

طبعا.. يخضع الجميع

نحن تحت أمرك يا زعيم، ونقدم كل أولادنا وأنفسنا

حتى

رجل آخر:

نعم.. طبعا

وقال الجميع:

نحن تحت أمر الزعيم، وكلامه حق علينا

الزعيم:

ولأن التضحية سوف تكون بعد ستة عشر سنة، فلتكن أول مولودة أنثى تولد هذا العام المقبل منذ اليوم

والفتاة التي تلد بعدها تكون هي الوصيفة والاحتياطية في حالة ما إذا حدث مكروه للمختارة

الجميع:

وهكذا لن يعاني الجميع

ولا يجب أن يعتبر من تولد لديه الفتاة أنها عبئ أو اختبار بل هي المختارة

الزعيم:

وأنا من سيرعاها حتى تصل سن التضحية وسف
أتكفل بعائلتها

الحكيم؟

هذا حل جيّد

الجميع:

نعم.. يا زعيمنا

هكذا حلت المشكلة وتفادى الزعيم ما كان سيحدث للجزيرة وأهلها، ولكن الأمر الايجابي الآخر هو أن الفتيات العذارى اللواتي كن يختطفن لم يعدن يختطفن، ولم تفقد الجزيرة فتاة واحدة بعد ذلك

لقد أصبحت تقدم التضحية بفتاة جميلة عذراء تختار لأجل النجم، لكي لا ينطفئ من جديد

لقد شعر الجميع بالأمان وأولوا اختطاف الفتيات السابق إلى حدث مروع كان ليحل بهم، ولكن الأرض

أو الغيب قد رأف بهم، وكان يأخذ تضحيات لكي لا يفتك بهم

وبعد أن أصبحوا يقدمون تضحيات منتظمة، رأفت بهم الار،ض والسماء ولم تعد تخطف بناتهم بطريقة عشوائية

اعتقد الجميع بأن الأمر جيّد ولصالحهم

وقد أطلقوا على ذلك النجم اسم نجم العذراء

وبعد مرور ألف سنة والزعيم لم يمت بل كان باقيا على قيد الحياة، يحكم تلك القبيلة مع تغير الأجيال، وفي يوم وخلال تقديم الأضحية..

في اليوم الموالي نزلت الفتاة التي قدموها على أساس أنها تضحية، وربطوها إلى الصخرة على الجبل

لكن الفتاة لم تكن كأية فتاة بل كانت قد علمت بأنها المختارة منذ نعومة أظافرها، ولكنها لم تكن تحب ذلك، ولم تكن راضية بالأمر ولا تريد أن يقدموها، ولا أن تفقد حياتها

ومن أجل هذا الأمر قامت الفتاة، وهي في سن ثمانية السنوات بأن أعدت نفسها بطرق حربية، ولكن اعتمدت على نفسها فقط وكانت تقلد تدريب الجنود، حتى تعلمت بعض الأساليب للدفاع عن النفس والهجوم، وقد كانت تراقب أيضا الحيوانات وهي تتعارك

لقد كانت طفلة ذكية، وشبت وهي فتاة قوية

في اليوم الموالي تفاجأ أهل القرية على نزول تلك الفتاة من الجبل، وقد أحضرت معها رأس الزعيم، وكان فستانها الأبيض ملطخ بالدماء..

لقد أخبرتهم بما حصل معها..

ولأنهم لم يكونوا يعلمون بأن هناك كهفا، وراء تلك الصخرة

أخبرتهم بأن الزعيم وطوال كل تلك السنوات، كان يقدم تلك التضحيات من أجل نفسه، فكان يقدم فتاة عذراء، وبينما الناس يحتفلون يصعد إلى الجبل خفية

وعلى صوت قرع الطبول يفك الفتاة ويدخلها إلى الكهف ويقوم بنحرها، ويشرب أول قطرات من دمها، ثم يغسل جسده بدمائها الطاهرة والفوارة

وهكذا يضمن الخلود والشباب

ولكنها.. قد عرفت منه الحقيقة ثم قتلته

وأخبرتهم بأن الزعيم لم يكن يقدم العذراوات لنجم العذراء كما أخبرهم، بل كانت من أجله ومن أجل الخلود

ولم يقتل الزعيم رجل، ولم يكن ليتغلب على رجل، ولا وحش ولكن استطاعت فتاة عذراء أن تفصل رأسه عن جسده، وتنهي الألف سنة وأكثر التي عاشها بدماء العذراوات والتضحيات، التي قدمها لنجم العذراء.

عواء العذراء

كانت هناك نجمة في السماء تلمع كل سنة مرة، وعند لمعانها يصيب الفتيات العذارى نوعا من البكاء والنحيب

لم يستطع أحد أن يعرف السبب وراء بكاء كل العذارى في تلك الليلة، التي يلمع فيها ذلك النجم الذي أطلق عليه اسم عواء العذراء

لقد أطلق عليه ذلك الاسم بسبب ما يحدث للعذارى في كل سنة، حيث يشع بالنور ويجعل العذارى في حالة من البكاء

ارتبط النجم بالعذارى، وارتبط اسمه بالبكاء، الذي
يصيبهم في تلك الليلة، التي يبعث فيها بنوره الساطع

فسّر البعض بأن نوره يرسل حالة من الحزن، فتصيب
العذارى حالة نفسيّة لا تصيب الذكور ولا الأطفال ولا
الكهول، ولا تصيب النساء المتزوجات

ارتبطت إحدى العذارى في وقت من الأوقات بذلك
البكاء، فقررت أن تبقى عذراء إلى الأبد، لأنها كانت
تعلم بأن البكاء لا يصيب إلا العذارى وهكذا

مرت السنوات والعذارى ينقص عددهن فيتزوجن،
وتكبر فتيات أخرى ويتغير عددهن عاما بعد عام

بينما حافظت هي على وعدها، وعلى العلاقة التي
تربطها بذلك النجم

لقد كانت تعلم بأن ذلك النجم لا يربط علاقة صلة إلا
مع العذارى

ومرّت السنوات وهي الوحيدة التي تبكي بصدق وهي الوحيدة التي تربطها علاقة صدق بالنجم

كانت هناك طقوس تقام في قريتها

لقد كان الشباب يختارون زوجة يوم البكاء

حيث يكون من الأكيد بأن الفتيات اللواتي يبكين للنجم هن عذارى، وكان الشاب يفضل أن يتزوج فتاة عذراء

فلم يكن يستطيع الشاب أن يتأكد من أن الفتاة التي يرغب في الزواج بها، هي فتاة عذراء لذا كانوا ينتظرون ليلة البكاء لكي يتأكدوا..

ولكن بالرغم من كل ما يحصل إلا أنه كان في الأمر بعض الخداع..

لقد كانت بعض الفتيات اللواتي يبحثن عن زوج واللواتي لم يكنّ عذارى، كانوا يتظاهرن بالبكاء ليلة البكاء لكي يحظين بزوج.

إلا أن نوع البكاء كان يختلف، فلم يكن بكاء العذارى يشبه بكاء باقي الفتيات، بل كان نحيبا وأنينا صادقا على عكس البكاء المصطنع، لذا فقد كان يمكن على الذكي أن يكتشف الأمر.

وقد كانت تتم معاقبة الفتيات الكاذبات من طرف القدر، أو كانوا يقولون بأن النجم هو من يعاقب التي تتباكى كذبا، لأنها كانت تفسد طقوس بكاء عذارى النجم.

استمرت الفتاة في حياتها، وهي كل سنة تتقدم العذارى للبكاء في الليلة الموعودة، وفي يوم وعندما أصبحت الفتاة التي لم تكن تكبر من حيث المظهر ولا الشكل الخارجي، بل كانت تزداد جمالا كل عام..

وعندما بلغت التسعين سنة وهي فتاة جميلة عذراء جميلة تشع جمالا ونظارة، وفي ليلة البكاء سمع الناس أصواتا تخرج من بيتها، وقد كانت تجلس بالقرب من النافذة لكي تطل على النجم، وهي تبكي..

وقد أشعت نافذتها ولم يستطع أيّ أحد أن يعرف ما الذي حدث لها، ولكن أشع النجم في نفس اللحظة

أشعت النافذة، ثم أشع النجم..

فاعتقد الجميع بأن الفتاة قد صعدت إلى النجم

لقد أصبح النجم أكبر حجما وأكثر إشعاعا، وقد قالوا بأن النجم قد اختبر إخلاصها، ثم اختارها لتصعد إليه

آخر النهر

لطالما سمع الجميع عن أسطورة نجم آخر النهار،
ذلك النجم الأبيض اللامع المُزرَق والجذّاب

تقول الأسطورة بأن هناك من يؤمن بحقيقة نجم آخر
النهار، ويتبعها ويؤكد إيمانه فسوف يرى العجب..

كل من يؤمن بها سوف يرى من الأمور الغرائب
والتي لا يصدقها البشر

لقد كانت الحقيقة وراء النجم أنه في الحقيقة كانت
فتاة تعيش على الأرض، ولأن الفتاة كانت تحلم بأن
تتزوج برجل يؤمن بالحب ويخلص لها، فقد كانت فتاة
جميلة وتشكل مطمعا لكل الرجال..

لم يكن كل الرجال جيدون ولا يناسبون الحياة الثنائية،
فكان منهم اللعوب والذي لا يحب الاستقرار، والذي
يخاف الالتزام، وغيرها من أنواع الرجل المختلفين.

تروت الفتاة في اختيار حبيب مناسب، وقد كانت فائقة
الجمال ومطمعا لكل الرجال..

سمعت كلاما عن هذا..

ورأت عيبا ذلك..

وهذا ارتكب خطأ..

وذلك غلطته لا تغتفر..

وهذا وذلك..

وهكذا مرت السنوات، ولم توفق في إيجاد الرجل المناسب..

وقد كانت بمرور السنوات تضيف مواصفات ومواصفات، وقد كانت محقة في كل ما حصل معها لأنها قد رأت بأن كل الذين رفضتهم سابقا، قد دخلوا في علاقات وخانوا الثقة أو خرجوا منها خاسرين أو حتى إنهم مستمرون ويعانون في علن أو صمت..

لقد كانت نظرياتها محقة، ولم تكن لتوافق على أي شخص بسهولة..

لقد كانت تؤمن بأن الصبر هو المفتاح

فالصبر يجعل كل العيوب تكشف وتظهر إلى السطح عاجلا أو آجلا

لقد كانت تختبر الرجل بأن تجعله ينتظر موافقتها، ولكن كان صبر الكثيرين ينفذ بسرعة لذا كانوا هم يغادرون، وهي تلغيهم من قائمتها التي كانت تضع أحدهم عليها في كل مرة.

وبعد أن عجزت عن إيجاد رجل مناسب قررت أن تتوقف عن البحث..

خلت بنفسها وأصبحت كثيرة الاختلاء والشرود، كما أن الوحدة يوما بعد يوم أصبحت أصعب عليها

وبعد أن كانت تجلس إلى قمة هضبة غالب الوقت، أصبح الجميع ينظرون إليها، على أنها الجميلة على الهضبة جمالها مثل الشمس الدافئة وبريقها مثل النجوم في الأمسيات الشعرية..

لقد كانت ولازالت حلم الكثير من الشباب، وحتى الذين
يصغرونها سنا..

لم تكن هناك في تلك المنطقة فتاة تشبهها

فتاة كاملة الأنوثة..

بريئة جميلة..

عذراء..

هادئة..

لقد كانت تشبه الحوريات..

وتشبه الأميرات اليونانيات..

تلبس فساتين بيضاء طويلة، توحي بالنعومة والطهر..

ولها شعر طويل ناعم..

ولها وجه بريء، وملامح أنثوية..

وعندما أصبح العمر يشكل حاجزا أمامها، ولم تعد الفتاة تحب أن ترى وجهها على صفحة المياه، غيرت رأيها

لم تغير معتقداتها وما تؤمن به، بل غيرت أمور أخرى

لم تعد تحب أن يراها الجميع، مثلما تعودوا على رؤيتها تجلس على تلك الهضبة

وبعد أن نزلت واختلت بنفسها في البيت ليومين، لم تعجب بتلك الوحدة التي شعرت بها

فكرت الفتاة في الليالي الساهرة، ووجدت الحل بعد عدة ليال

لقد قررت أن تهب نفسها للسماء..

لم يكن هناك من هو بمثل طهر السماء، فقررت أن تهب نفسها لها، حتى تجد لها السماء رجلا يستحق قلبها وحبها، وكل كيانها.

تقول الأسطورة بأن الفتاة قد تحولت إلى نجمة في السماء وتلقب هذه النجمة بنجمة آخر النهار

فقد كان اسم الفتاة نهار، وآخر ما رأوه منها هو جلوسها على الهضبة، حتى تحولت إلى نجمة تشع مثلها.

كانت هذه هي الأسطورة التي سمع عنها الشاب فقرر أن يجد تلك الفتاة..

الأسطورة عمرها مئات السنوات، وربما لم تكن حقيقية لمن سمعها، ولكن الشاب كان مقتنعا بأنها حقيقية.

عندما سأل الشاب أحد الحكماء عن الأمر أخبره بأن هناك حلو واحد فقال الشاب:

وما هو الحل أيها الحكيم؟

الحكيم:

إنه حل وحيد، ولكن يجب أن يتوفر لديك الإيمان

الشاب:

أنا مؤمن أيها الحكيم

الحكيم:

أعتقد أن ذلك صحيح..

فبما أنك مؤمن بالأسطورة، فانك يجب أن تؤمن بالحل أيضا

الشاب:

نعم.. مؤمن وسف أفعل المستحيل، لأنني أنا أيضا أبحث عن إخلاص أعتقد بأنه غير موجود..

وأبحث عن حب نادر، ولكنه بالفعل موجود..

الحكيم:

طبعا.. الحب موجود...، فالكره موجود، والحزن موجود، وكل المشاعر هي موجودة، وما علينا إلا أن نبحث عن ما يسعدنا وأن نتخلص مما يجعلنا نشعر بالضيق

الشاب:

طبعا.. أيها الحكيم..

أنا بالفعل أفعل ذلك

أنا أبحث عن الحب، ولدي شعور بأنه حيث أخبرتك

الحكيم:

عند نجم آخر النهار؟

الشاب:

أجل.. سيدي..

الحكيم:

ولكن.. ألا تعتقد بأن النجمة قد تغيرت بعد مرور كل تلك السنوات؟

ألا تعتقد؟

الشاب:

لا.. لا.. أعتقد أن ذلك قد يحدث لأنني أعلم بأن الفتاة تحتفظ بجوهرها، ولو تغير كل المحيط الذي حولها

الحكيم:

أنت تؤمن بذلك؟

الشاب:

أجل.. سيدي..

الحكيم:

إذن.. سوف تجد ما تؤمن به

الشاب:

شكرا.. سيدي..

الحكيم:

والآن لنعد إلى موضوعنا

الشاب:

حسنا.. سيدي..

الحكيم:

لدي بعض الأسئلة أولا

الشاب:

تفضل.. سيدي..

الحكيم:

هل تريدها أن ترجع امرأة إلى الأرض؟

أم تريد أن تصعد إليها أنت حيث هي؟

الشاب:

لا يهم المكان المهم أن نصبح معا

الحكيم:

هل تعتقد بأنها قد تبادلك نفس الشعور؟

الشاب:

أريدها أن تثق فيّ لكي تبادلني نفس الشعور

الحكيم:

أنت تعرف بأنه الانتظار هو ما قد يجعلها تثق فيك

الشاب:

أجل.. أعرف..

الحكيم:

هل تهتم بشكلها وجمالها؟

هل جمالها هو ما شد سمعك إليها؟

الشاب:

بل الحب.. إنه الحب هو ما شدني إليها

الحكيم:

إجاباتك صائبة..

وقد اجتزت الاختبارات بتفوق أيها الشاب

تهانيها لك..

الشاب:

شكرا لك سيدي..

بعد أن اجتاز الشاب الاختبار بكل نجاح، نصحه الحكيم بما يجب أن يفعله، لكي يصل إلى الفتاة فقال له:

هناك طريقة واحدة لفعل ذلك، ولكنني لا أعلم مدى فعاليتها

الشاب:

أخبرني رجاء لأنني أتشبث بأي خيط، ولو كان رفيعا..

الحكيم:

سوف أخبرك فلا تتعجل، وتذكر دائما إن نهار لا تحب

العجلة وهي تؤمن بالصبر، فالصبر هو الحب بالنسبة إليها

هل تذكر؟

الشاب:

أجل.. أذكر..

الحكيم:

جيد ..

الشاب:

ما الذي علي أن أفعله بالتحديد؟

الحكيم:

أنت تعرف نجمة آخر النهار؟

الشاب:

أجل..

الحكيم:

أريدك أن تجد هضبة وأن تجلس عليها كل مساء، وخاصة أول المساء، وأن تتأمل السماء، وأن تقول ما بداخلك مقابل النجمة التي هي تسمع كلامك بكل تأكيد..

الشاب:

جيد.. ولكم من الوقت؟

الحكيم:

لا يهم الوقت.. لأنك سوف ترى إشارة تجعلك تنتقل إلى المرحلة الثانية..

الشاب:

وما هي المرحلة الثانية؟

الحكيم:

المرحلة الثاني هي أن تقطع مسافات باتجاه نجمة آخر النهار، حتى تحفى قدماك، وعندما تبدأ الشمس بالشروق توقف حيث أنت وواصل السير في المساء الموالي

الشاب:

إلى متى يستمر السير؟

الحكيم:

إلى أن تقبلك نجمتك

الشاب:

وكيف أعرف إن قبلتني؟

الحكيم:

سوف تعلم في الوقت المناسب، ولكن..

الشاب:

ولكن؟

الحكيم:

ولكن عليك أن لا تنسى، عليك التحلي بالصبر والإيمان

الشاب:

حسنا..، وماذا بعد ذلك؟

الحكيم:

سوف تجتمع بنجمتك

الشاب:

أين؟ على الأرض أو في السماء

الحكيم:

هذا أمر لا يعلمه أحد، حتى أنا لا أعلم ذلك، الوحيد
الذي سيعرف النهاية هو أنت، لأنك أنت من ستصل
إلى النجمة، وأنا استطيع أن أؤكد لك ذلك

الشاب:

أحقا؟

الحكيم:

أجل..، أنا أرى الإيمان فيك وأرى النجاح نصيبك،
وأنت تستطيع الوصول إلى مبتغاك لأنك صادق

الشاب:

شكرا سيدي..

الحكيم:

أتمنى لك التوفيق

الشاب:

وأنا ممتن لما فعلته من أجلي وأيضا لكل المعلومات

التي قدمتها لكي..

شكرا لك..

الحكيم:

لا داعي للشكر إنه واجبي، كما أنني أريد لك الخير

وأيضا لنجمة آخر النهار

إنها تستحق الحب وأنت أيضا

بعد أن فعل الشاب كلما اخبره به الحكيم وقد دامت
مسيرته لسنوات وهكذا عرفت نجمة آخر النهار بأن
الشاب صادق في حبه فهو لا يكل ولا يمل ولا يتوانى
على تقديم كل التضحيات

لقد كان الشاب يقضي اللي في المناجاة والسير
باتجاهها وينام نهارا حين لا يستطيع ان يرى حبيبته

وهكذا أذنت له حبيبته وتقبلته وقد حدث انفجار نجمي
وفي تلك اللحظة علم الشاب بان حبيبته قد تقبلته

لقد كان إحساسه هكذا ولكنه لم يستطع أن يرى ما الذي
يحدث في السماء المنيرة ليلا وكأنها نهار وليس الوقت
ليل

وبعد أن تمكن من رؤية القليل اكتشف بان الشعاع يمتد
إلى الأرض

وفجأة تمكن من رؤية ما يحدث لقد رأى امرأة في
وسط الشعاع

لقد كانت حبيبته التي نزلت إلى الأرض من أجل

لقد جاءت لكي تصطحبه معها

وهنا عرفت الشاب بأن النجمة قد قبلت به

Sommaire

إهداء.. 3

نجمة الصباح...5

العذراء.. 45

عواء العذراء 75

آخر النهر 83

Sommaire 111